봄이 오는
소리

봄이 오는 소리

전세중 시집

문현
MUN HYUN

시인의 말

길은 열려있다

마음을 다하면
어지러운 생각들이 바로 선다
고통에서 상상의 경계를 넘어
길은 열려있다

바람소리, 벌레소리가 안내하는 길가에서
가슴마다 한 점 시향으로 머물기를,
그리고 두 아들에게
자손들에게도
길은 열려있다

2013. 1월
전 세 중

차례

시인의 말 _ 4

하늘이 바다를 안고 내게로 들어온다
저 물결 은빛 이랑, 기쁨으로 찰랑대며
비발디 사계를 담아 수평선이 열린다

1부

|아침 수평선|

아침 수평선

마루 끝 자벌레가 곰실대는 이 하루
문 반쯤 열고 오는 아침 햇살 벅찬 가슴
유년의 맑은 종소리, 여울지며 들려온다

하늘이 바다를 안고 내게로 들어온다
저 물결 은빛 이랑, 기쁨으로 찰랑대며
비발디 사계를 담아 수평선이 열린다

모둠발 서는 나무

아지랑이 일렁일렁 푸른 옷깃 감싼다
감았던 가지마다 툭 툭 건네는 눈인사
잔잔히 깔리는 음계, 이팝나무 꿈틀댄다

뿌연 그 황사 입고 몸서리치는 나뭇잎
움츠린 이슬 한 줌 팔 벌려 받아내어
형형한 눈망울 밝혀 수액을 건져 올린다

초록 물빛 오르면 모둠발 서는 저 나무
손과 손 마주잡게 가까스로 이어주며
한 소절 박자 맞춰서 동심원을 예비한다

눈 뜨면 파닥이는
– 욕망의 바다

등 푸른 고등어가 은빛 물살 뒤집는다
흰 날개 펄럭이는 산호초 숲 사잇길에
가자미 부릅뜬 두 눈, 먼 수평선 응시한다

물 그늘 남실 햇미역 연분홍 꿈 일렁이고
저 바다 짙푸른 파도 굴려가는 출항의 뱃길
실 그물, 그물코마다 노역의 햇살 넘친다

눈 뜨면 파닥이는 숨가쁜 개척의 깃발
상어 떼 시퍼런 야망 한 움큼 입에 물고
아무도 가보지 않은 그 길 찾아 나선다

사랑초 단상

부시시 눈뜬 베란다 햇무리 살랑댄다
밤새 꿈꾸던 잎 동그랗게 열어 두고
사랑초, 기지개 켜고 푸른 아침 맞는다

수줍게 웃고 있는 가느다란 줄기 위로
바람이 갸웃댄다, 날개 펴는 먼 기억들
불현듯 잿빛 그림자 창문밖에 서성인다

지루했던 지난 여름 침묵으로 보듬으며
회백색 싱크대 위 엷게 스민 향기 좀 봐
움츠린 동공 사이로 타고 있는 얼굴을

숨가쁜 맥박 소리 환한 창에 말려 두고
꽃망울로 터진 잎새 고스란히 쓸어모아
청청한 이파리 위로 투명한 해 얹는다

나팔꽃 하루

몸맨두리
감싸 안듯
가느다란
팔을 벌려

미리내
잡아보고자
저리도
기원하는가

온 종일
보이지 않는
저 이내 끝을 향하여

한 세상이

1

외로이 저 하늘이
스치듯 떠나가고

외로이 한 세상이
터벅터벅 지나가고

어디서
꽃 봉우리 터지고

노을, 또한
지겠지요

2

무엇을 담고
무엇을 채워야 할까

아무리
가득찬 일로
일순 일그러진다 해도

하루치
신성한 시간
질그릇이
너무 작다

가을 산

너 울다 침묵한다, 몸 기울어 침묵한다
짙푸르게 버텨 서서 산의 말씀 뇌이더니
이 가을 가랑잎 물고 서럽게 떨고 있다

뿌리에서 줄기로, 물 오른 저 가지로
닿을 듯 하늘 닿을 듯 무성히 뻗었던 손
커피 빛 물결무늬로 시월 언덕 얼룩진다

파릇파릇 잎철 꿈은 언제 다 사위였는지
저 홀로 허물 벗은 나무에 기대 서서
켜켜이 쌓이는 낙엽, 내 갈망도 침묵한다

돌

가파른 벼랑 끝에
돌 하나 앉아 있다

세월의 때 묻어있다
지난 야사野史 배어있다

오로지
돌이 아니다
침묵하는 보석이다

내 모습

공원 숲 산책로에
무언가 툭! 떨어진다

검은 버즘 더께더께
한 토막의 나뭇가지

그 위로 잔가지마다
물방울이 맺혀있다

누군가 발로 툭 차면
한꺼번에 떨어질듯

거꾸로 매달리어
하염없이 반짝인다

물방울 가까이 가면
내 모습이 얼비춰진다

혀

닫힌 혀가 말을 한다
혀에는
독이 있다

아무 생각 없이
천리 길 휘달려
머리에
깊이 박힐

눈부신
살의의 칼날
눈을 감고
바라본다

바다, 우리 집에 밀려오다

우리 집엔 이따금씩 넓은 바다 밀려온다
"싱싱한 생선 있어요, 간밤에 잡았어요"
옆 마을 아주머니가 푸른 물결 이고 온다

이른 아침 갈 빛 햇살 마루에 드리우고
철썩이는 파도 소리에 집안이 술렁인다
은비늘 번쩍일 때 마다 비린 냄새 넘친다

가자미 고등어 멸치 미역줄기 풍성하다
어머니는 쌀을 주고 바다를 건네받는다
돌담 길 광대무변한 동해 파도 철썩인다

어머니

그 거친 조막손에 물마를 날 없었다
비탈진 텃밭 매고 일꾼들 뒷바라지
아버지 막걸리 타령 잔주름이 깊어진다

잠 한번 편히 누워 깊게 든 적 없었다
한 손으로 젖 물리고 바느질에 눈 시리고
자식들 다섯 덩이에 가는 허리 꺾이었다

아픔을 딛고 일어선 기다리는 길의 흔적
하염없는 묵언으로 갓 밝이 달을 보며
밤 하늘 별이 되었다, 칼바람 부는 저녁 답

어머니 2

옹달샘 솟아오르는
신선한 샘물 같은

아무리
불러보아도
그 이름
물리지 않는

이 세상
가장 빛나는
내 가슴 속
보석상자

포도 씨앗

물렁한 포도 알 속
작은 씨 앉아있다

함부로 삼킬 수 없는
단단한 염주인 듯

암흑 속

한 생 사르며

푸른 삶을

그린다

할아버지의 가을걷이

모과나무 뿌리 속에 할아버지 들어간다
단단한 줄기 사이로 연분홍 아기 꽃 향연
어릴 적 아련한 추억, 가지마다 매달렸다

무더위에 아랑곳없이 잎새는 푸르르다
어딘지 익숙해진 서늘해진 그림자에
이따금 확! 끼치는가, 할아버지 땀 냄새

마른땅 일구시던 애면글면 주름 뒤엔
굴곡진 모과 열매 맑은 이슬 방울방울
온 집안 맴돌고 있는 싱그러운 모과향

소나기

　어째서 밤은 오고 그리 쉬이 물러가는가. 초록 길 언덕 위에 후두득후두두득, 내딛는 숲길을 따라 패랭이꽃이 피었습니다.

　어째서 여린 잎은 꽃의 핏물 들게 하는가. 단내 나는 숨결 속에 배반하는 초록 눈길 위, 내 마음 일깨워주는 해맑은 회초리였습니다.

　한여름 나무숲이 그리도 무성했습니다. 희뿌연 분진이 세상을 덮고 있는 사이, 내 영혼 깨우쳐주는 하늘의 소리였습니다.

근원根源
– 무궁화

한눈에 띄지 않는 청초한 여인처럼

언제나 봐왔건만 그렇게 스쳐 지나간

자세히 들여다보면 여백의 향 풍긴다

저 멀리 숲을 보듯 슬쩍 보면 잘 모르지

가녀린 듯 떨리는 강인한 꽃의 근원

그 속에 여왕으로서 오롯이 남아있다

삼매三昧의 시간

넓은 창가
먹구름 떼
소나기
빗발친다

고요도 고요 속에
펼쳐든 한 권의 책

이 순간
허물없이 지나는

아! 한 백년
그리 살고픈

수어장대 팔작지붕 비상을 꿈꾸는가

추녀 끝 웅크린 저 수막새도 불러세워

해빙의 아침을 연다, 물안개를 걷어낸다

2부

|안부|

남한산성 수어장대

발치에 한강 두르고 솟아오른 남한산성
성채를 굽이돌아 아픈 기억 저 편에는
북풍에 깎여 무너진 인광들이 번득인다

홑처마 청량당은 굳게 잠겨 말이 없고
무망루 등 돌려 앉아 반쪽 하늘 바라본다
새하얀 억새꽃 무리, 안개 속을 떠도는데……

수어장대 팔작지붕 비상을 꿈꾸는가
추녀 끝 웅크린 저 수막새도 불러세워
해빙의 아침을 연다, 물안개를 걷어낸다

광개토대왕비

흙은 바위를 묻고 바위는 세월을 묻고
퇴적의 잠을 깬 채 우뚝 선 돌기둥 하나
못다 한 그 날의 외침, 저 산을 일깨운다

마모된 행간마다 드러나는 억겁 이랑
대륙으로 길게 뻗어 내달리던 말발굽 소리
천년을 지나온 오늘, 긴 메아리 풀어낸다

억새꽃 겨울산
– 운주사 와불

몸 낮추며 흐른 물은 물빛 또한 짙푸른 법
가슴에 이는 파랑, 잠 재우지 못한 날은
번잡한 마음의 자락 석등 하나 눈 뜨는데

억새꽃 겨울 산이 선 채로 떨고 있고
가는 길은 여러 갈래, 구불텅한 여로지만
깍지낀 부부 와불이 눈빛 찡긋 반긴다

으깨진 상처 위로 세월의 더께 입고
오랫동안 들뜬 생애 위만 보고 살았는데
낮은 곳 여기 있다며 말없이 일러준다

부석사 무량수전

땅을 주춧돌 삼고 한 우주를 품에 안아
초승달 추녀 끝은 은하수에 걸어두고
산 숲속 한 마리 멧새 고즈넉이 앉아있네

완자창 문살마다 풀벌레 소리 스며들고
거칠한 나무 결 따라 고려의 풍경소리
곧게 선 배흘림기둥 천년을 받들었네

저리도 의연한가, 휘몰아친 세월의 강
상처난 돌담 틈새 연초록 이끼를 띄워
세상사 이내 낀 시름, 안고 가는 부석사

낮달도 숨겨워 하는 그곳
−다산 초당에서

미명은 더딘 걸음으로 어둠을 밀어내는가
동풍에 나부끼는 허리 흰 하얀 갈대
낮달도 숨겨워 하는 강진 땅이 시리다

풀무치로 살고픈 소망, 천일각에 올라본다
흑산도 길 떠난 형은 소식조차 닿지 않고
한 시대 먹장구름만 나타났다 사라진다

흙탕물 소용돌이 속 내 설 곳은 어디냐
떨어진 샛별 하나 가슴에 묻어두고
밤마다 붉은 울음은 댓잎 끝에 맺혔다

압록강의 밤

달빛마저 움츠린 밤 굶주린 몸을 세워
압록강을 건넌다, 피붙이를 안고 업고
아가야 울지를 마라, 이 강을 건널 때까지

두 귀를 쫑긋 세운 남의 땅, 남의 집 앞
격렬히 밀고 당기는 외마디 울음소리
모두다 눈을 감는다, 벙어리가 되었다

더는 어쩔 수 없다, 더는 어쩔 수 없다
북극성 불빛 삼고 갈대 헤치는 맨발 행진
새벽별 어디 있는가, 허둥지둥 불러보는

봉평비

솟는 해 바라보는 내 고향 봉평 언덕
흙은 바위를 묻고 바위는 세월을 묻어
이제야 드러나느니 다시 찾은 천년의 꿈

희미한 글자 속에 눈을 뜨는 억겁 세월
그 모습 투박하나 장엄한 빛이 서려
가슴에 아리어 오는 눈물겨운 저 숨결

황량한 마을 들녘 북소리 들리는 듯
파도 되어 밀려오는 그 날의 그 함성
오늘도 하얀 달빛 속 우뚝 솟은 봉평비

댓돌

행여나 찾아올까

누군가 기다리네

무거운 침묵을 깬

헛기침에 놀래서일까

구르는

달빛이고서

신발 한 짝

껴안고

아차산에서

광나루에 닻 내리고 아차산 올라간다
"아차 실수했다" 지은 이름 아차산이라
익명의 이야기마다 그림자가 겹쳐온다

굽이친 능선 따라 고구려 군사보루
허물어진 돌 더미에 함성이 스며있고
산정은 말없이 흐르는 아리수를 바라본다

야트막한 산봉우리 격전지를 일러주나
평강공주 온달장군 애달픈 愛情史를
길 잃은 바람 소리만 내 옷깃을 스친다

언제 가노

쇠치재 바릿재 굽이굽이 십 이령 길*
가노 가노 언제 가노 열 두 고개 언제 가노
거친 숨 땀이 밴 고개, 안개 속의 가파른 길

애틋한 처자 사랑 소금단지 어깨에 메고
원시림 속 바람 물고 자갈길 넘고 넘어
사흘을 지고 걷는다, 꽃 길 따라 이백리 길

인적 없는 새재 성황당에 행상을 기원하고
징검다리 통나무길 백작약 개불알꽃
골 깊은 참물내기 쉼터에 지친 몸을 뉘이네

새우잠 잠 뒤척이며 다리품 그리 팔아
뜨리라 눈 뜨리라 외줄 타는 바지게꾼*
긴 여정 하얀 옷자락 솔바람에 나부낀다

차디 찬 새벽 달빛 봇짐에 담아낼까
내 안의 상도商道 짚고 한 발 한 발 내딛는,
발자국 판화가 찍혀 긴 긴 자서自敍 보인다

안부
– 구룡마을

구룡산 둘러싸인 오종종한 판자마을
네온사인 쳐다보는 희미한 등불 아래
오늘도 안녕하신가, 그대 안부 묻는다

칼바람은 이따금씩 문틈을 드나든다
추위에 지친 얼굴 두레상에 둘러앉아
달그락 질그릇 소리, 낮은 곳으로 흘러간다

바람벽에 버텨 서서 한줄기 빛을 만진다
아침마다 깨어나는 풀뿌리 삶의 자리
외로운 확성기 소리 구룡마을 지킨다

텅 빈

빈 것이 꽉 찬 마음,
우주가 고요하다

소담한 진달래 꽃
담백한 질항아리

오히려

아무 것도 없이

바다처럼 넘친다.

갠지스강가에서

저 멀리 히말라야산 강물이 넘실댄다
사리를 걸친 여성, 검정 소와 어우러져
해 뜨는 동쪽을 향해 성수에 몸을 씻는다

강가 옆 화장터에 시신을 뒤적이며
환생을 꿈꾸는 재 강물에 뿌려지고
비릿한 생명의 숨결 내세를 찾아간다

어디로 가는 걸까, 서성이는 아침 한때
도열한 힌두사원 물끄러미 바라보고
강물은 속세를 안고 붉덩물에 휘말린다

어떤 벌레

1

얼마나 기어올라야
괴로움을 잊을건가

얼마나 높이 올라야
흔들림이 없을건가

빽빽한

나무 숲 위로

먹구름 떼

깔려있다

2

몇 날 며칠

뭇 바람에

그리도 흔들릴까

흔들리지 않으리라
흔들리지 않으리라

세상의
거짓 위세를
입 다물고
지켜보며

비틀거리는 한강

한강이 비틀거린다, 회색도시 감싸안고

붉은 강물은 가는 달빛의 허리를 휘감고 가쁜 듯 가쁜 듯 굽이치는 소용돌이 속에 한 사내 뛰어들었다. 깊이를 가늠할 수 없는 늪으로 밀려 빠져든 그 사내 위로 무덤 되어 쌓이는 끈적한 쓰레기들, 상표도, 모양도, 용도 마저 알 수 없는 물건들 사이에 폐비닐처럼 흐느적대는 그 사내, 철근 조각 듬성듬성 사내의 옆구리에 박히고 겨우겨우 목숨 붙인 붕어 한 마리 등뼈가 곱추처럼 휘어진 하루

갈대숲 휘날릴 그날, 그 날은 언제일까

빈 손

자욱한 안개 속에 소리들이 널브러져 있다

팔 벌려 움켜쥐어도 양손엔 바람만 가득

생과 사,

골목길 너머

개나리꽃

벌고 있다

환생
– 안 중근 의사

낭떠러지 끌어안고 시대 어둠 잘라냈다

대한아 일어서라 뼈마디에 새겨진 말씀

저 깊은 절망을 건너 등댓불로 다가온다

닳아 이지러진 세월 그대 어디 있는가

편린의 시간 속에 참 영혼 닦아놓고

우듬지 하늘 닿을 듯 댓 쪽 흰 뼈 서 있다

요새 어떻게 지내니껴 1
– 울진 장날

장날에 만나보는 이웃마을 사람들

올겨울 유난히 눈이 질퍽거렸다. 허리 굽은 노인들 재미 삼아 구경도 할 겸 겸사겸사 미끌미끌 거리면서도 시장에 나온다. 주름잡힌 어눌한 말소리 허공에 은은히 퍼져나간다. "미끄라 느리느리 그래도 자아 오네야 모먹고 살꺼라고 성님요! 집안은 모두 편안하지요 설 잘 쉈니껴?" "어와야 지랄도 미끄라 자빠지던 동 말던 동 헤빠닥이 아파 배개 내질 못해보게, 움집 달면 오지, 젊을 째 벌어 논거 늘거 병원에 다 처 발라 뿌래도 안 낫고, 이제 약값도 만만찮네, 올게는 넘길랑동 몰세." "어와야 몬 소리 하노야, 늙어 나이 머면 다 글치 모요, 팔십도 안돼 상세 난단 말이요? 고마 씰데 없는 소리 치우소마, 이제 길바닥이 다 녹았디더 만도 그늘에는 안녹아 뿌래 위험 터더 살살 댕기소." "우리 집은 눈에 안때나가 다 넘어 가가지고 고마 텔레비가 안 나오네, 라지오도 맛이 가뿌렸네, 자네 텔레비 봤는가 누이 얼마 왔단고?" "몰시더 그거나 쳐다보

고 있니껴, 손주 새끼 봐주느라고 정시 없니더 요
새 성님도 모로 머가메 아 봐주소 안나나들만 자꾸
미기지 말고 마할 것들 지 아들 믹일 거만 살피지
우리는 아무짝도 필요 없디더 할 종일 봐줘도 저것
들이 아니껴, 집에 오면 지 아만 챙기고 갈판인데
이히히히."

언 눈을 녹이는 정담, 밀려오는 봄 햇살

만리장성

돌담을 길게 쌓았다
진나라가 무너졌다

돌담을 더 길게 쌓았다
명나라가 무너졌다

이윽고
세상 제일 긴 무덤

빈 들녘 위
외로운 곡선

마애불만 같아서

백제 미소 깊다하여
그대를 찾아 왔네
가파른 바위너설
웃고 있다, 불심으로
먼발치 남산제비꽃
향기도 그윽하다

천년을 머금은 미소
오묘하고 애틋하다
아담한 바람의 집
우주를 품으려는 듯
말없이 가야산 넘는
햇볕 법문 듣는다

봄기운,

연주를 하는

피아노 건반 위에 앉는다

3부

|봄의 왈츠|

담쟁이덩굴에게

가파른 수직 허공 앞 다투어 올라간다
길 없는 푸른 길을 사막위에 그려 놓고
하늘 끝 닿아보고자 온몸으로 기어간다

비바람 할퀴고 간 상처뿐인 빈 몸 하나
그 아픔 아우르나, 보랏빛 물길을 타고
가싯길 가다듬으며 새길 내는 덩굴손

때론 새싹 짓누르는 따가운 눈빛도 있지
내 안에 부침하는 허욕일랑 솎아내고
다시금 뻗어 가야지, 봄 바다를 꿈꾸며…

봉평, 가고 싶어라

옛 함성 스며있는 신라비 드높아라
연못가 새 한 마리 무지갯빛 전설 물고
끝나지 않은 그리움 그 곳에 가고 싶어라

거칠한 벌판 일구는 가슴 바쁜 발걸음들
거두고 씨 뿌리며 어머니 젖내 풍기는
지워도 돋는 풀냄새 내 마음 두고 싶어라

산호초 은빛 모래 파도의 싱싱한 울림
날개 편 갈매기 따라 물장구 첨벙대는
아직도 다함이 없는 그 곳에 가고 싶어라

밤마다 순진무구한 별들이 등불 켜고
이웃과 살갗 맞대고 더불어 비상하는
우리들 꿈 심어주는 내 마음 두고 싶어라

청명

문틈 사이 하늘하늘 다가오는 고요의 깃발

하얀 집 하얀 마을 청명하늘 열려있다

목련꽃

버는 한순간

잠긴 내 눈

눈부시다

잔디

밟혀라,

처절하게

허리가 꺾이도록

아름다운 견딤 무수한 아픔을 넘어

순금 빛

봄을 맞으리

반쯤 열린

문틈으로

대관령의 눈발

대관령 굽이능선 구불텅한 등줄기에

손 내민 연인처럼 사월에 눈 내린다

암울한 산봉우리가 채워진다, 사라진다

막힘없이 날아가다 꽃망울 피우다가

중모리 중중모리, 솔잎에 날개 편다

메밀밭 일구어 놓고 펼친 날개 접는다

벚꽃

거칠한 각질을 뚫고
함초롬히 망울 편다

싸늘한 밤 등불 켜듯 넘실대는 백색 향연

잠시 후

한줄기 바람

부드럽게

낙화하는

비상

새처럼 날 수 있을까,
마음 어찌 비워내야

응어리진 검붉은 피 몸속에서 걸러내고

붉은 놀

가라앉은 뒤

하얀 갈망

소금 꽃

봄날은

북향집 드리우는 햇살처럼 왔다 가는가

복사꽃이 피었다고, 매화꽃 피었다고

들뜬 몸 가라앉기 전 매화꽃은 떨어진다

봄의 소리

천리 길 먼 곳에서 그리움에 달려오는

돌개바람 산 너머에 봄 안개 감싸 안고

연둣빛 소망 띄우네, 차가운 땅속에서

회리바람 깃이 되어 강물을 건너간다

아지랑이 풀어 헤친 연분홍 앙가슴에

꽃망울 뽑아 올리며 사랑으로 띄우네

봄의 왈츠

봄은 그냥 오지 않는다
소리죽여 나직이 온다

사르르르 녹는 소리
찰방찰방 봄비 소리

봄기운,
연주를 하는
피아노 건반 위에 앉는다

변심

언제나 하늘과 바다는 변함이 없습니다

당신의 긴 얼굴이 그예 보이지 않습니다

내게는 보여 집니다, 감추어진 마음이

바다와 하늘에 얼굴을 비춰 보세요

자신의 모습이 그림자로 나타납니다

쉽사리 보이지 않는 작은 어둠 비칩니다

갈대와 하늘

뻘 밭머리 늙은 갈대가 독수리를 바라본다

날아가는 독수리는 하늘을 쳐다본다

하늘은 보지 않는다

독수리도

갈대도

산과 바다

산에는
굽은 나무, 어린 풀이 어울려있다

바다는
물고기며 산호초를 품고 있다

서로가

한 테두리에

수 만년을

그렇게

오늘

오늘 하루 꿈만이라도
오롯이 세워 보자
무엇이 될 듯한데
잡힐 듯 쉽지 않고
하루해 다 지나간다
기약 없는 저녁노을

그리운 것 모두 다
찬란히 나부껴라
다 써버린 하루치
시간을 떠올리며
풀어진 실타래 감듯이
한올 한올 되짚는다

파종

아지랑이 줄달음치는 4월의 어느 봄날
파도가 구름되는 동해 바닷가 산허리에
두 모자母子 잡초 듬성한 밭뙤기를 일군다

아들은 밭을 갈고 어머니는 씨앗 뿌린다
굳은 흙은 잘게 부숴 숨쉬기 좋게 하고
골라낸 잔 돌멩이는 제 자리에 돌려준다

논둑 끝 버드나무 이파리 하늘대고
산 너머 골짜기에 송아지 울음소리
여울가 도랑물 소리 파노라마 이룬다

해질녘 노을 안고 산 그늘에 걸터 앉아
계절을 이끌고 갈 솜털 물결 떠올리며
때늦게 어둠 밝혀줄 꽃등 잠시 내건다

요새 어떻게 지내니껴 2
– 울진 정월대보름

산골짝 동해 언덕 윷놀이가 벌어졌다

해조음 자갈자갈 진종일 속삭이는 언덕, 이 골짝 저 고을 사람들이 벌 떼처럼, 해진 멍석에 찍혀있는 선명한 점 꿈틀꿈틀, 어디선가 들어봄직한 소리 소리 살아서 날뛴다. "이 판은 윷판이 이런니더, 낙방 없고 안전 석돈 있고 빠꾸대 있니데이, 단디 알고 치소, 얼른얼른 시작 하소" 사람들 십중팔구지 성질 못 이기네 조급한 그 성질머리 대대로 내려온 핏줄인가 "조 어마이 보게 윷 잡는 거 조레 잡고 쳐야 모가 잘 나데, 단디단디 쳐다보게 어이 때로 치세이 그래 가꼬 앞에꺼 콱 잡아뿌시더 그냥 놔 뒈라 뒤 똥쭈바리 따라 가다 잡거로야!" 앞선 자 뒤통수 낚아채야 숨통이 트이는가 배반하는 황톳길에서 저 음흉한 모사 일어서기 위한 앙탈인가 "굴레라 굴레 저 어마이처럼 얍삽하게 굴리꺼네 모 나오잖가 이히히히" 돈 놓고 돈 먹기로 발광하는 판, 사바사바하면 안 되는 일 없고 사바사바 안 하면 되는 일도 없는 판, 머리 굴려 얍삽하게 사는

게 아닌가 "자자 한사리 맘대로 쳐라 조고 넘어 선
거 잡고 가거로" "저 아바이 마로 잘 못선다야 보
이꺼네 마로 잘 서야 윷은 이기는데…"

산천을 굴리는 소리, 영원 속에 울려 퍼져

소리, 소리

하얀 눈이 내립니다, 너울지며 내립니다
눈밭을 한 발 한 발 구름 위를 내딛으며
희미한 소리 들립니다, 바람 타며 속삭이듯

껍질이 만들어낸 메마른 기계소리에
진정한 하늘의 소리 들리지 않습니다
투명한 자연의 소리, 눈을 감고 느끼세요

마음 열면 새록새록 풍경이 보입니다
거리가 환해지고 노래가 들립니다
황폐한 우리 마음을 눈 녹듯 씻어냅니다

목련 지는

불현듯
창밖 너머
깨어난
목련을 본다

아슬한
벼랑 끝에
떨어지는
순수의 비애

아직도
못다 이룬 꽃자루
허욕의 티
남기고 만

꽃

등불 밝힌 꽃 속에 황홀한 뱀의 피 흐른다

꿈틀대는 피의 전율, 난만히 번지는 야성

호젓한 숲속에 앉아 한 세상을 넘본다.

고향 풍경

시냇물 있더라
징검다리 있더라

깊은 산 있더라
산 너머 마을 있더라

그 마을
개가 짖는다
닭이 운다
해가 뜬다

제기랄

뭔 말하려는 건지

그도, 나도 모른다

4부

|무슨 마음인지|

잴 수 없는 그대

당신과 사랑하는 그 깊이는 얼마인가

당신을 미워하는 그 깊이는 얼마인가

닿을 듯,

닿지 못 할 듯

잴 수 없는

그대여

무슨 마음인지

1

그 말이 무슨 말인지,
허공에 떠도네요

참인지, 거짓인지
파도처럼 울렁이네요

흉흉한
독살먹은 이빨
비릿비릿한 불구덩이

2

몸에서 잔물결 인다
머리에서 파도 출렁 인다

어쩌면 위대해지고
가끔은 경솔해지고

제기랄
뭔 말하려는 건지
그도, 나도 모른다

샐러리맨의 하루

부푸는 이른 아침 햇살이 땅을 깨우고
처진 몸 받쳐 세워 넥타이 옭아매고
허리에 태양을 지고 허겁지겁 나선다

버스 속 흔들림과 침침한 지하철로
치열한 절망 속에 숨 가쁜 계단 올라
가슴팍 깊은 응어리 우후죽순 피어난다.

더러운 검은 손을 깊숙이 뻗쳐보고
올곧은 한줄기 빛 잡아보려 아등바등
풀잎에 매달린 이슬 나를 빤히 쳐다본다.

닫힘과 열림

네모는 닫혀있습니다
네모 속에 살고 있습니다
네모 방, 네모 아파트, 네모 침대, 네모 테이블
무한의 네모 세상에 마음의 길 잃었습니다

인간의 마음에는 형상이 없습니다
산과 들로 나아가면 네모가 사라집니다
자연은 열려 있습니다
끝이 없는 연속입니다

대못

쇠라고 아픔이 없으랴

쇠라고 눈물이 없으랴

뚫어라

일체의 힘

저 완고한

철옹벽을

꼿꼿이 직립을 하라

든든한 버팀목으로

두 갈래

갈림 길이 나타났다
정상 가는 숲속에서

한 쪽은 가파른 길,
한 쪽은 평탄한 길

길 따라
얼마나 걸었을까
다시 만난 갈림 길

어떤 풍경

1. 들고양이

밤 차량이 질주하는
대로를 겨우 횡단

구석진 곳 잠시 주춤,
모가지 한번 쭉 빼고

두리번,
기댈 곳 어딘가
가슴 쓸며
쳐다본다

2. 독수리

구부정한 칼날발톱
바위산 움켜쥔다

숨 턱 찬 벼랑위에서
서서히 굽어본다

그 찰나,
곤두 박힌다
벼락 치듯
단숨에

대나무 아버지

곧은 듯 늘 푸른 듯
대나무 잎 휘날리듯

내 잠시 다녀오마
뒤 돌아 보지도 않고

우람한
대들보 아버지
물길 따라
떠났단다

분수

철철철 넘친 그리움 하늘가 닿을까

수만의 꽃이 핀다

수만의 꽃이 진다

마침내 곧은 뼈 세운다

목련처럼 부푸는

포퓰리즘

참새가 지저귄다
저쪽 새도 따라 한다

이마 맞댄 고요한 숲
너도나도 지저귄다

숨죽인
어린 풀들이
같은 방향
바라본다

밀면서 밀리면서

황톳물이 밀려온다
먹구렁이 날름대듯

밀면서 밀리면서
강바닥 뒤덮는다

겁 없는
연어 한 무리
상류 향해
돌진한다

독재

1

남들 위에 군림한다
뭇 양민을 구속한다

지배받길 싫어한다 제 허물은 모른단다

독재란,
진정 무엇인가
굴절된 그대에게
묻는다

2

범 같은 부리부리한 눈
여우같은 알량한 꼬리

그렇게 사람은 사람을 지배한다
너와 나,
괴로우나 즐거우나
한 줄 쇠사슬로
얽혀있다

자서전

　이쯤에서 생각 해 보라
　어떻게 가고 있는지

　한 시대 과녁을 겨누고 몸 부르르 떠는 생애, 조
촐한 삶이 위대하게 다하고 울음이 다하고 기억과
시간의 삶이 다하면 하늘아래 무엇으로 남아있는
지. 가라앉다 솟아오르다 가라앉다 솟아오르다 빙
그르 휘적휘적 휘도는 천지가 어지럽다, 어질머리
로다. 꽃은 향기를 휘날리고 열매는 씨앗을 떨구는
데, 한 겹 한 겹 양파 껍질 벗기 듯 사는 일을 들춰
내면 헛헛한 변방이네. 그물코 던져져 있는 천길
낭떠러지 매캐한 연막 속 하루하루가 멀고 험한,
떠돌다 떠내려가다 끝내 허방 딛다 허탕 치다만 메
스꺼운 피눈물이 흥건하다

　어쩌면 기울어가는
　솟구치다만 수평선이던가

종결

울렁이는 광활한 바다

수평선이 기울어간다

풍랑은 미쳐있고

파도는 춤을 춘다

배 한척

바다를 재우고

뭍으로 뭍으로

들어온다

A4 용지

까마득히 펼쳐지는
고즈넉한 백사장

사막을 헤매 도는
회오리 모래폭풍

긴 시간

침묵 지나고

버려지는

말 한 마디

어떤 근로자

하늘 빛 둘러쓰고
초원을 기어가는 벌레

무슨 사무침 그리 쌓여 자신을 버리는가

남겨진

신발 한 켤레

덩그렇게 누워있다

통큰

통큰 깃발 나부낀다, 바람에 펄럭이며

사람은 모름지기 통이 커야 한다는데, 통큰치킨, 통큰자전거, 통큰한우, 통큰모니터, 한술 더 떠 통큰새우튀김도 나타났네. 와글와글 헐벗은 악어 구미가 솔솔 당기는 먹이감이네 신소재 통큰 원 플러스 원 게임이 유행이라 무상급식 돌개바람 일으키며 무상보육, 무상의료까지 날개를 달았는가. 빠질 쏘냐 처질쏘냐 반값 등록금 장단을 맞춰준다. 그렇다면 민초들의 반값 집값은 얼마나 좋을까, 권세 높은 나리의 반값세비는 어떻고, 그러면 내 주머니 쌈짓돈도 원 플러스 원으로 허전해질 판 아닌감, 벗고 왔다 홀랑 벗고 가는 게 사람인데, 거품이 부글부글 끓는 세상에 세 치 혀 간지러워 해보는 말인데…

연거푸 무상 시리즈에 벌거숭이 악어 입 쩍 벌려

경계

낱낱이 밝히리라, 죽어서도 말하리라
빙판길 두만강을 숨어드는 한 젊은이
닫힌 문, 바라만 본다 잠긴 빗장 풀릴까

죽음보다 더 무서운 굶주림의 경계선에
실타래로 감긴 엽서 가슴에 간직하고
안개 낀 동토 그늘에 소생의 봄 오기를

한참 지난 그 사내 길을 잃고 헤매는가
헛것을 보았는가, 침침해진 두 눈망울
아득히 안개 낀 경계, 입을 다문 먼 조국

동반자

가플막 사막길을

등짐 지고 헤매 도는

아무 것도 바라지 않는,

받을 것 없이 주는 것

결혼은

서로서로가

비워야 되는 것

무덤까지

그대, 처음 만났을 땐 온통 그리움이었다

불이야 불러보면 언 가슴 풀어주고

모든 것 다 내어준다, 아낌없이 그대로

5부

|그대, 불은|

그대, 불은

그대, 처음 만났을 땐 온통 그리움이었다
불이야 불러보면 언 가슴 풀어주고
모든 것 다 내어준다, 아낌없이 그대로

그대, 나중 만났을 땐 온통 두려움이었다
불이야 소리치면 심장이 내려앉고
모든 것 빼앗아간다, 까마득한 절망감

먼 옛날 야누스의 얼굴을 가진 그대여
부드러움 속 감추어진 칼날 같은 혓바닥에
말없는 프로메테우스 신화 곁에 잠든다

불타는 인형
– 119구조 현장에서

얼마를 내달려야 그의 곁에 이를 건가
더디 더디게만 다가서는 목 타는 안타까움
꽉 막힌 사거리 서면 초침마저 휘청거린다

머리 풀어 헤친 버섯구름 회색 도시 삼키고
허물어진 흙더미 속 새 나오는 신음소리
외마디 단말마 되어 가물가물 들려온다

어두운 벽 후벼 후벼 미로 끝 저편으로
손과 손 맞잡으려 내젓는 기구의 시간
점액질 끈끈한 사랑, 껴안아라 깊은 상처를

단발머리 풀빛 소녀 인형 하나 끌어안고
혀끝 날름대는 불길, 그 불길에 휘감긴 채
가파른 구원의 팔을 허우허우 젓는다

매캐한 연기 틈에 더운 기운 번져온다
이윽고 꿈틀 하는 몸짓 햇살 한 입 베어 물고
"살았다" 터지는 함성, 가로수도 손뼉 친다

25시의 불꽃

눈발 흩뿌리는 새벽 2시 정적을 깨고
"불이요 불 불 불, 빨리 와 주세요??
숨 가쁜 비명소리가 전류처럼 흐른다

바닥에서 기둥을 타고 퍼지는 피의 물결
깨어진 유리조각 머리 위를 스쳐간다
한발 옆 허연 빌딩 숲 겁에 질려 웅크린다

"구조대 진입 진입, 깊이 잠든 자 깨워라"
산처럼 에워싸고 생명선을 감아쥔다
다급한 탄식의 소리 심장을 타전한다

사무엘 성경 구절도 잿빛 구름에 얼룩진다
손 뻗은 넝쿨 햇살에 우두커니 선 굴뚝 하나
그날 밤 붉은 낙관을 선명하게 남겼다

불씨

1

느슨한 겨울 대낮 빈틈에서 불이 났다
주방을 건너뛰고 천장을 기어올라
창문을 박살내면서 돌개바람 부른다

밤새워 피 흘리며 너울너울 휩쓸어간다
모두가 넘어진다 다투어 무너진다
신 새벽 잉태하면서 다시 태어날 한줌 재

2

전기에서 불이 났다
기름에서 불이 났다
나무에서 불이 났다
가스에서 불이 났다
불씨는 불을 먹고 산다
살금살금 숨어서

어느 노인의 하루

침침한 연립 주택 좁은 문 들어선다
다닥다닥 벽에 붙은 곰팡이 너절하고
허공에 병정개미가 긴 줄지어 달린다

아랫목 대접의 물이 꽃샘추위에 얼었다
영양제를 놓아도 보일러는 미동도 않고
노인은 장작개비처럼 신음소리 뱉어낸다

이슬 맺힌 퀭한 눈은 누구를 기다리는가
숭숭 뚫린 문밖으로 귀를 곧추 세우고
한 장의 전기장판에 온기 한 뼘 느낀다

물렁뼈
– 삼풍백화점 붕괴

철옹성 무너지랴
생각이나 해봤을까!

모두가 도둑이다
흰 뼈가 상하였다

물렁뼈
모든 것 안고
바스러져
흩어졌다

소화기

내 마음 모퉁이에 잠자는 생각꾸러미

컴컴한 지하 세계 내 몸을 짓누르고 있지, 묵혀 둔 늙은 생각 철지나 응고될까 내 마음 안절부절, 뒤집으면 막힌 가슴이 시원스레 뻥 뚫릴까. 세상은 가끔씩 나를 필요로 하지만 늘 그늘진 곳에서 하염없이 외눈으로 지켜본다. 언젠가 종소리처럼 은은하게 울려 퍼질 그 날을 기다리고, 훨 훨 훨 타오르는 분노를 가라앉힐 마지막 제물로 쓰겠지, 그럴 때면 하얀 생각이 검붉은 너를 휘감아 버릴 테니, 이 세상 아쉽지만 내 처음이자 마지막 인사를 건네고 화려하게 떠나련다.

이성의 안전핀 뽑아 어지러운 세상 덮는다

천둥

무언가,
그리울 때
가슴이
답답할 때

하늘이
포효하듯
목 놓아
울어보아라

비로소
제 빛깔 내는
검은 심장
천둥같이

열정

1

미쳐 본 적 있는가
광란의 불길처럼

몸부림쳐 본 적 있는가
사랑하다 절명하듯

함부로
덤비지 마라
사랑이란
이 불길을

2

어젯밤 종로에서
까불대며 사랑했다

골목길 생피 빨아
폐허된 검은 상처
강남에
눈먼 사랑처럼
나타난 불
악 뜨거워

천년이 지는
– 숭례문 방화

소리 없는 발걸음에 불꽃이 움직였다

천년 숨결 보물 속에 누구나 들어올 수 있네, 더러운 세상 한탄하며 살금살금 엿보다가 바람처럼 들어와 홧김에 불 질렀지, 매정한 불길 숨어있다 시커먼 연기 내 뿜고 폭발한다, 펄럭펄럭 살아 뛴다, 허공에 줄달음친다. 요란한 사이렌소리 소방차가 도착하네, 매연에 막혀 앞이 보이질 않네, 불꽃은 없어졌다 다시 살아나 환청처럼 버티고 선다. 촘촘히 짜여진 통나무 틈이 없네 원체 단단했네, 체인톱날 안 먹히네, 갈고리로 찔러봐도 허공을 가를 뿐, 쳐다 보다 쳐다 보다 지붕 위로 올라간다. 엉거주춤 기대서서 기왓장을 걷어내고 망치로 내리치네, 시멘트로 다져진 바닥 겹겹이 쌓여 소리만 요란하네 탕탕탕탕. 점점 더 타들어가네 적심에 붙은 불은 모락모락 타들어가네, 기왓장이 떨어지고 불꽃이 하늘 가르네, 혼자서 저절로 무너져 내리네 지독한 실랑이 끝 앙상한 잔해만 둥둥둥둥. 거대한 불길에 오금이 저려오고 지나온 세월이 무너지는 숯덩이에 목이 메네!

한순간 천년이 지는, 허둥대는 뜬구름

불타는 아파트

머리채 풀어 헤친 미친 연기 하늘 덮고
허연 대낮 고층건물에 불길이 번져간다
한 여인 베란다에서 허이허이 손짓한다

흙먼지 길게 끌며 소방차 도착하고
돌로 쌓은 정원 숲속 철쭉꽃 자작나무
뻗쳐진 고가사다리차 손이 짧아 애태운다

어찌할까 가슴쓸다 차마 못 봐 눈 가린다
힘 다한 가녀린 몸 가랑잎처럼 떨어지고
누구의 잘못이었나, 수런대는 구경꾼

졸속개발
– 와우아파트 붕괴[*]

시커먼 강심장에
비수를 물었는가
구름위에 축대 쌓아
어물쩍 담을 넘고
얼마 후 덩실덩실한 집이 몇 채 들어섰다

황금 빛 그늘 속에서
내일을 꿈꾸던 날
반듯한 푸른 벽이
쩌억쩌억 갈라지고
와르르 무너져 내린다, 비명소리 가슴 찢고

재난 시리즈

기약 없는 기다림이 얼마나 위험한가
이래도 죄가 될까 아무려면 어떠할까
그 무슨 가당찮은 일 나에게도 일어날까

어둔 밤 지새우며 하루를 맞이한다.
느닷없이 청주 우암아파트 붕괴, 느닷없이 서해훼
리호 침몰, 느닷없이 성수대교 붕괴, 느닷없이 충주
호 유람선 화재, 느닷없이 아현동 도시가스 폭발, 느
닷없이 삼풍백화점 붕괴, 느닷없이 씨프린스호 기름
유출, 느닷없이 인천 호프집 화재, 느닷없이 대구지
하철 화재, 느닷없이 이천 냉동 창고 화재, 느닷없이
숭례문 방화사건
오늘도 24시를 지나, 다시 일 할 시간이다

사람들 입방아 찧어도 서둘러 뛰어갔지
다급해서 맨손 맨발 가시밭길 뛰었다네
할퀴어 온몸 상처투성이, 흐르는 피 강물 이루고

불 다람쥐

아무도 불 다람쥐에 신경을 쓰지 않았지

잘 띄지 않는 숲 속의 불 다람쥐, 내 가슴 응어리져 내 가슴 막혀있어 이야기 하고 싶지만 내 말을 듣지 않지, 갑갑한 마음을 어떻게 풀어볼까, 그래! 환희 밝히는 등불로 말하리라. 내 불만도 불꽃처럼 부풀어 오르다 사그라지겠지 불꽃이 휩쓸고 간 가슴 한 켠에 남는 미련, 미련은 사랑이 타고 남은 재, 불을 보면 너무너무 황홀해서 너무너무 환장해서 밤마다 불을 지르네, 아! 아! 맹렬히 타오르는 불 혼절하면서도 사랑하는 그 속에 맑고 깊은 고요, 더러운 것 쓸어가 버리는 흔들림 없는 고요, 사그라진 불꽃의 자리를 대신하는 두려움, 색소폰 음률처럼 허공에 흩어지는 운명처럼 버려지는 더 큰 사랑 느끼고 싶어 허무의 가슴을 적시는 붉은 비수.

그 불꽃 길면 밟히듯, 부질없는 사랑이다.

쓰나미

바다가 일어선다. 산더미가 밀려온다
비행기, 자동차며 배들이 쓸려간다
나의 집, 세운 기둥이 통째로 휘말린다

우레 같은 물기둥이 전속력 질주한다
항구를 덮쳐오는 악몽의 수묵 도시
소중한 재물 삼키고, 폐허만을 남겼다

저리도 무력한가, 거센 자연의 힘에
문명의 이기란들 얼마나 나약한가
자신을 되돌아본다, 눈앞 파국 혼돈에

떨리는 손 맞잡고 주춧돌 세워야 하리
톱질을 해야 하리 못질을 해야 하리
세상은 끝이 없는 삶, 언제나 영속적이다

우면산牛眠山 의 눈물

물줄기에 할퀴어져 무너진 우면산 자락

아카시아 향기에 봄 오는 줄 알고, 낙엽 지는 붉은 정취로 계절을 알리는 우면산 너도 나도 산자락 베어 물고 우면산을 꾸며놓았다. 맹꽁이 사는 아늑한 헌집 헐고, 태평양 바다 같은 새 집 지었는데 길이 아닌 길을 든 굴삭기 굉음에 반짝반짝 생태공원, 야들야들 주말농장, 반질반질 등산길에 괴발개발 개발공해 때문인가 토석류 때문인가. 염치없는 여름비가 시간당 100mm, 하루에 300mm, 사흘간 500mm 한치 앞도 볼 수없는 물줄기를 쏟아 부어 속이 더부룩한데 배수구 물길도 시원하지 않았네, 넘치다 넘쳐흐르다 얄팍한 둑이 터져 맹꽁이는 쓸려 내려가 죄다 자취를 감추었네 맹꽁이도 정든 집을 잃었다네. 찢겨진 쇠가죽 내장 터진 붉덩물 마을로 밀어닥쳐 잠자던 사람 깔리고 도망가기 바빠, 검붉게 쩍쩍 갈라진 등줄기 흉물 서러워라 흉물 서러워라. 한 그루의 나무도 하늘 보듯 하고 물길도 수심을 알고 다스려야 하거늘 굴삭기가 목에 걸려 산이 토하고 만 것인가, 우면산 그 잠에 취한 소를 함부로 대함인가, 팽팽한 줄다리기에 상처 입은 자연의 분노인가, 뱉고 또 배 앓아도 그 상흔은 깊어지네.

몇 번을 닦아 내어야 진흙탕 물 걷혀질까

안전불감증 1
– 맨홀 사고

아무것도 모르는 일용직 근로자들

용산구 남영동 시커먼 맨홀에 아르바이트 근로
자 맨몸으로 들숨 날숨 내뱉다 외마디 비명 소리,
망보던 두 사람 맨몸으로 허둥지둥 구하려다 먼 길
함께 떠났네, 지하 3m에서 높은 곳으로. 부산 사
하구 감천동 하수도 맨홀 보수공사에 한 사람 맨몸
으로 숨이 막혀 외마디 비명소리, 교통정리 하던
두 사람 맨몸으로 허겁지겁 들어가 힘 한 번 쓰지
못하고 그 길을 따라 갔네 지하에 자욱한 것이 독
인지도 모르고 지하 5m에서 높은 곳으로. 울산시
울주군 정화조에 두 사람 맨몸으로 끝내 비명 소
리, 나머지 한 사람 둘을 찾으러 맨몸으로 갔다 힘
한 번 쓰지 못하고 먼 길 함께 떠났네, 똑같은 작업
으로 똑같이 되풀이 되는 죽음, 다시 살아야 한다
는 다짐 속에 어디에도 안전지대는 없다.

해마다 줄 잇는 죽음, 하수구에 언제 볕이 들까

안전불감증 2
– 태풍상륙

"이래도 괜찮겠지, 별 일이나 있겠어"

괌 섬 부근에 끓는 태풍이 오키나와를 강타, 4시
간 후 시속 60Km로 한반도를 상륙 폭우와 산사태
주의가 발령됐다. 바람의 울음은 기압골 따라 서남
에서 동북으로 북상하는 예보 짚고 늑대는 신경 곧
추세우고 개미들 자취 감추고 쥐새끼도 구덩이로
도망가기 바쁘네. 바람의 울음은 비가 되어 계곡들
이 물을 쏟아내고 사람들은 산놀이 물놀이 즐기다
가 나무와 바위 사이에 위태로이 걸려있는 외줄기
로프에 목숨 건다. 몇몇은 비구름의 뒷자락에 매달
려 갈팡질팡, 몇몇은 밀려오는 황톳물에 피할 수
없는 죽음을, 알려 줘도 천명을 어기는 사람들.

해마다 법석 피우는 황톳물 난리 "난 아니겠지"

＊십 이령 길 : 경상북도 울진 두천리에서 봉화 소천에 이르는 열 두 고갯길이다. 동해바다와 영남대륙을 잇는 물류 유통로이다. 울진에서 미역, 소금 어물을 내륙지방의 곡식과 바꾸었다. 십이령은 바릿재, 평밭, 새재, 느삼밭재, 너불한재, 저진치, 한나무재, 넓재, 고치비재, 맷재, 배나들재, 노루재를 말한다.

＊바지게꾼 : 십 이령을 넘나들며 울진과 봉화지역의 장시를 장악하였던 보부상을 말한다. 일반적으로 선질꾼, 등금쟁이, 바지게꾼이라고 부른다.

＊와우아파트 붕괴 : 1970년 4월 8일 서울특별시 마포구 창전동에 위치한 와우아파트가 무너져 인명피해가 발생한 사고, 부실공사가 원인이었다. 준공 4개월 만에 아파트가 무너져 사망 33명, 부상 40명의 인명피해가 발생했다.

1. 청주 우암아파트 붕괴 : 1993년 1월 LPG 가스

폭발로 건물붕괴, 사망 27명, 부상 48명, 실종 3명.

2. 서해 훼리호 침몰 : 1993년 10월 무리한 운항에 정원초과, 사망 292명.

3. 성수대교 붕괴 : 1994년 10월 상부 트러스 붕괴로 사망 32명, 대외적으로 국가 이미지 실추.

4. 충주호 유람선 화재 : 1994년 10월 정원초과, 안전장비의 정비 소흘, 사망30명, 부상 33명.

5. 아현동 도시가스 폭발 : 1994년 12월 지하철 공사 중 가스관 폭발, 가옥 150여 채 전소, 사망 12명, 부상 65명, 이재민 600여명.

6. 삼풍백화점 붕괴 : 1995년 6월 부실공사로 인한 건물붕괴, 사망 501명, 부상자 937명, 실종자 6명.

7. 씨프린스호 기름 유출 : 1995년 7월 여수 피항 중 높은 파도에 떠밀려 충돌, 원유 잔량 8만 3000톤 유출.

8. 인천 호프집 화재 : 1999년 10월 불장난으로 인한 화재, 비상구를 막아 사망자 증가, 56명 사망.

9. 대구 지하철 화재 : 2003년 2월 방화로 사망 192명, 부상 148명.

10. 이천 냉동 창고 화재 : 2008년 1월 작업장에서 화재 발생 추정, 사망 40명, 부상 9명.

11. 숭례문 방화사건 : 2008년 2월 방화로 5시간 만에 석축을 제외한 건물이 소실.

|해 설|

근원 추구와 따뜻한 긍정의 시학

전세중論

유성호(문학평론가, 한양대 교수)

1. 현대인의 양식으로서의 시조

기본적으로 시조는, 지금까지도 양식적 동일성을 견고하게 유지하고 있는 우리만의 고유한 정형시이다. 이는 시조가 우리의 오랜 전통 속에서 유일하게 살아남은 정형 양식임을 뜻하기도 하지만, 그것이 현대인의 감각과 정서와 사유를 표현하기에도 아직 여러 모로 개성적인 양식임을 말해주는 것이다. 또한 이는 시조가 그 안에 인간과 삶에 대한 정격正格의 해석을 담아냄으로써, 그 특유의 서정적 구심 역할을 감당해낼 수 있는 양식임을 말하는 것이다. 그것이 지금도 시조를 시조로 읽게끔 하는 양도할 수 없는 존재론적 기반일 것이다.

이번에 우리가 읽은 전세중 시인의 시조집은 이러한 현대인의 양식樣式/糧食으로서의 시조의 모습을 전형적으로 보여주는 뜻 깊은 실례이다. 가령 그의 시조에서는 고시조가 항용 보였을 법한 고루한 중세

적 지사 의식이나 낡은 고전적 통념 같은 것이 거의 발견되지 않는다. 그 대신 그는 우리 시대에 대한 생생한 감각과 정서와 사유를 동시대의 현재형으로 살려내는 데 매진한다. 그 점에서 우리가 전세중 시조를 읽는 것은, 여전히 시조가 우리 시대에 생명력을 가지고 읽힐 수 있다는 가능성을 경험하는 일이자, 다양하고도 복합적인 전세중 시인의 감각과 정서와 사유를 직접적으로 만나는 일이기도 하다. 이제 그 개성적이고 단단한 세계 안으로 들어가보자.

2. 근원 추구의 의식 세계

우리가 전세중 시인의 이번 시조집에서 가장 먼저 발견하게 되는 것은, 시인이 일관되게 견지하고 있는 근원 추구의 의식 세계이다. 시인이 이토록 어떤 근원根源에 대해 남다른 집념을 보이는 것은, 우리 시대가 정신적 기원origin을 상실한 채 부침浮沈이 심한 상태를 노정하고 있기 때문일 것이다. 아닌 게 아니라 전세중 시인은 잃어버린 근원을 탐색하기 위해 역사 속에서 살아 숨 쉬는 정신적 결기를 노래하거나, 우리가 상실한 마음의 고향을 찾아가거나, 열정적으로 살아 움직이는 원초적 형상을 궁구하는 등

의 작법을 두루 보여준다. 먼저 그의 역사적 상상력
이 발휘된 다음 시편을 한번 읽어보자.

> 땅을 주춧돌 삼고 한 우주를 품에 안아
> 초승달 추녀 끝은 은하수에 걸어두고
> 산 숲속 한 마리 멧새 고즈넉이 앉아있네
>
> 완자창 문살마다 풀벌레 소리 스며들고
> 거칠한 나무결 따라 고려의 풍경소리
> 곧게 선 배흘림기둥 천년을 받들었네
>
> 저리도 의연한가, 휘몰아친 세월의 강
> 상처난 돌담 틈새 연초록 이끼를 띄워
> 세상사 이내 긴 시름, 안고 가는 부석사
>
> ― 「부석사 무량수전」 전문

경북 영주 부석사에는 무량수전이라는 잘 알려진
문화재가 있다. 고려시대에 지어진 부석사의 주불전
으로서, 지붕 추녀와 기둥 중간 부분이 볼록한 배흘
림기둥의 조화가 특히 아름답다. 시인은 그곳에서
'땅'과 '우주'가 소통하고 한 마리 '멧새'와 '은하
수'가 교응交應하는 순간을 섬세하게 읽어낸다. 무
량수전은 땅을 주춧돌 삼아 하나의 우주를 안은 형

상을 하고 있는데, 그 우주 속으로 한 마리 멧새가 고즈넉이 앉아 있고 풀벌레 소리나 고려 풍경 소리도 하나둘씩 번져온다. 그 자연과 역사의 소리는 시인으로 하여금 "내 영혼 깨우쳐주는 하늘의 소리"(「소나기」)로 다가와, 곧게 선 배흘림기둥으로 천년을 받들었던 무량수전의 자태를 부드럽게 감싸고 있다. 그렇게 상처와 시름을 안고 오랫동안 휘몰아쳤을 세월의 강을 건너온 부석사 의연한 모습은 참으로 위용 있고 애잔하고 아름답다. 시인은 그러한 풍경 속에서 우리가 지나온 시간에 대한 섬세한 감각과 사유를 보여줌으로써, 우리의 존재론적 근원을 다시 한 번 환기한다. 우리는 그러한 세월과 함께 살아온 것이다. 물론 시인의 역사적 상상력에는 이러한 애잔한 아름다움의 깊이뿐만 아니라, "대륙으로 길게 뻗어 내달리던 말발굽 소리"(「광개토대왕비」)와 같은 야성적 형상이나 "몸 낮추며 흐른 물은 물빛 또한 짙푸른 법"(「억새꽃 겨울산 – 운주사 와불」)과 같은 심미적이고 원형적인 것에 대한 형이상학적 갈망도 가로놓여 있다. 이 모든 것이 전세중 시인의 역사적 상상력이 추구해온 근원 추구 시학의 구체적 면모일 것이다.

그런가 하면 전세중 시인이 찾아가는 또 다른 근원은 바로 그가 나고 자란 물리적, 심리적 고향이다.

시인이 원초적으로 기억하는 근원 가운데 가장 선명하고도 보편적인 像像이 고향의 사물과 풍경과 시간 속에 녹아 있는 것이다. 말하자면 고향을 기억하고 찾아가는 것이 전세중 시학의 가장 익숙하고도 절절한 속성이라고 할 수 있을 것이다. 그만큼 그는 고향을 환기하는 시공간에서 생의 존재론적 근거ground를 찾고 발견하고 구성해가는 시인이다.

옛 함성 스며있는 신라비 드높아라
연못가 새 한 마리 무지갯빛 전설 물고
끝나지 않은 그리움 그곳에 가고 싶어라

거칠한 벌판 일구는 가슴 바쁜 발걸음들
거두고 씨 뿌리며 어머니 젖내 풍기는
지워도 돋는 꽃향기 내 마음 두고 싶어라

산호초 은빛 모래 파도의 싱싱한 울림
날개 편 갈매기 따라 물장구 첨벙대는
아직도 다함이 없는 그곳에 가고 싶어라

밤마다 순진무구한 별들이 등불 켜고
이웃과 살갗 맞대고 더불어 비상하는
우리들 꿈 심어주는 내 마음 두고 싶어라

옛 함성 스며 있는 신라비가 서 있는 봉평은, 시인
이 지금도 가고 싶어하는 마음의 고향이다. 그곳은
지금도 "새 한 마리 무지갯빛 전설 물고/끝나지 않
은 그리움"을 끊임없이 파생시키는 어머니의 자궁
같은 곳이기 때문이다. 그래서 화자는 내내 "가고
싶어라"라는 후렴에 가까운 반복구를 통해, 그곳으
로의 궁극적 귀환을 꿈꾼다. 거칠한 벌판과 거기서
씨 뿌리고 거두는 어머니 젖내 같은 꽃향기, 은빛 모
래 파도의 울림이나 갈매기 따라 첨벙대던 물장구의
기억들, 밤마다 바라보았던 별들의 무구한 비상과
꿈, 이 모든 것이 화자의 마음을 선연하게 물들이고
있다.

이렇게 지금도 구체적으로 재구성되고 있는 고향
풍경은 "시냇물 있더라/징검다리 있더라/깊은 산 있
더라/산 너머 마을 있더라"(「고향 풍경」) 같은 세목
으로 이어지면서, 절절한 그리움과 함께 여러 충동
들을 수반하게 된다. 그것은 일정한 귀소歸巢 충동이
순수무구한 감각과 연결되어 나타난 것이다. 그러한
그리움과 귀소 충동이 "언 눈을 녹이는 정담, 밀려
오는 봄 햇살"(「요새 어떻게 지내니껴」 – 울진 장
날」)로 번져가며 확산되기도 하고, "산천을 굴리는

소리, 영원 속에 울려 퍼져"(「요새 어떻게 지내니껴
2 – 울진 정월대보름」)가는 모습으로 나타나기도 하
는 것이다. 시인의 고향에 대한 기억과 사랑이 남다
른 근원을 환기하는 모습으로 우리에게 다가오는 순
간이 아닐 수 없다.

> 그대, 처음 만났을 땐 온통 그리움이었다
> 불이야 불러보면 언 가슴 풀어주고
> 모든 것 다 내어준다, 아낌없이 그대로
>
> 그대, 나중 만났을 땐 온통 두려움이었다
> 불이야 소리치면 심장이 내려앉고
> 모든 것 빼앗아간다, 까마득한 절망감
>
> 먼 옛날 야누스의 얼굴을 가진 그대여
> 부드러움 속 감추어진 칼날 같은 혓바닥에
> 말없는 프로메테우스 신화 곁에 잠든다
>
> — 「그대, 불은」 전문

'불'이 지닌 열와 빛, 그것으로 상징되는 '그대'라
는 존재는 처음 만났을 때부터 그리움을 발산시킨
대상이었다. 그대는 언 가슴을 풀어주기도 하고 모
든 것 아낌없이 내어주기도 하는 그런 존재였는데,

화자에게는 그대가 그리움을 주는 쪽에서 차츰 두려움을 주는 쪽으로 전화하기 시작하였다. 그 두려움은 심장이 내려앉을 정도로 모든 것을 빼앗아가는 절망감을 수반하는데, 그것은 일차적으로 '불'의 파괴적 속성 때문이겠지만, 그와 함께 그리움에 수반되는 자연스런 불안함 때문이기도 하다. 그래서 화자는 "먼 옛날 야누스의 얼굴을 가진" 불을 인류에게 건넨 프로메테우스를 호명하면서 그 불이 지녔을 "부드러움 속 감추어진 칼날 같은 혓바닥"을 새삼 기억하고 있는 것이다. 이처럼 "닿을 듯/닿지 못 할 듯/잴 수 없는"(「잴 수 없는 그대」) 야누스적인 존재는, 지금도 시인이 궁극적으로 찾아가야 할 근원의 속성을 암시하고 있다.

비유적으로 말해 시간은 '흐름'이라는 형상으로 경험되고 기억된다. 우리는 시간을 물리적 실재가 아닌 흐름 다음의 사후적 흔적을 통해 알 수 있을 뿐이다. 그래서 시간은 저마다 다른 경험 속에서 구성되며, 우리는 다른 시간 경험 방식에 따라 시인의 고유한 지향을 새삼 알게 된다. 전세중 시인은 지난날에 관한 기억들을 바탕으로 상처와 그리움의 시간을 재구성함으로써 고유한 자기 확인의 서사를 펼쳐내고 있다. 이를 통해 그는 스스로의 존재 확인을 가능케 하는 근원적 형상을 발견하고 표현하고 있는 것이다. 가없이 아름답다.

　그런가 하면 전세중 시조 미학은, 우리의 삶이 가
지는 해묵은 관성에 일종의 인지적 충격을 가함으로
써, 일정하게 반성적 시선을 마련해준다는 데 그 의
미가 있다. 이것이 사실은 서정 양식인 시가 꿈꾸는
보편적 존재 의의일 것이다. 그만큼 우리는 전세중
시조를 통해 현실에서는 불가능한 존재 전환을 경험
하기도 하고, 상상적 실체로 다가오는 그만의 언어
미학에 몸을 잠그기도 한다. 그렇다고 그의 작품들
이 비현실적 몽상으로 이루어져 있는 것은 결코 아
니다. 오히려 그의 언어는, 일상적 현실을 벗어나 전
혀 다른 상상적 거소居所를 만들어내면서도, 궁극적
으로는 지상에서 살아가는 이들의 존재 형식을 증언
하는 쪽으로 한결같이 귀환하는 특성을 보이기 때문
이다. 일찍이 하이데거는 우리에게 말을 걸어오는
존재의 '소리Stimme'에 응답하는 것이 시인의 임무
라고 말한 적이 있는데, 전세중 시인은 어떤 신성하
고 높은 존재가 말 걸어오는 것을 받아 적는 모습을
보여줌으로써 이러한 시인의 위의威儀를 하나하나

완성해간다. 사물과 시간과 내면에 대한 시인의 일
관되고 깊은 시선이은, 세상의 존재자들에 대한 가
장 따뜻한 긍정으로 이어지게 된다.

가파른 벼랑 끝에
돌 하나 앉아 있다

세월의 때 묻어있다
지난 야사野史 배어있다

오로지
돌이 아니다
침묵하는 보석이다

—「돌」 전문

가파른 벼랑 끝에 세월의 때를 입은 채 앉아 있는
'돌'은, 그 안에 오랜 세월의 흔적과 함께 "지난 야
사野史"까지 선명하게 간직하고 있다. 여기서 '야사
野史'란, 공식적 기록에서는 소외되었으나 엄연히 역
사 속에서 그 흔적을 가지고 있는 시간의 흐름을 은
유하는 것이다. 그러니 벼랑과 같이 가파르게 진행
되어온 우리 역사를 묵언默言으로 증언하는 '돌'은,
화자에게 "침묵하는 보석"으로 격상되어 다가오게

된다. 이처럼 묵언으로 오랜 세월을 증언하면서 우리가 지나온 역사를 따뜻하게 긍정하는 마음은 전세중 시인의 시학에서 매우 빛나는 근간이 되고 있다.

보통 불가에서는 언어를 통해 진리를 계시할 수 없다고 말하곤 한다. 물론 이는 현묘한 진리의 세계에 대한 신뢰를 표현하는 역설적 사유 방법 가운데 하나일 것이다. 이러한 측면에서 생각해볼 때, '돌'이 안고 있는 역사 또한, 마치 『유마경』에서 말하는 불이법문不二法門처럼, 언어 너머의 언어 혹은 침묵 너머의 침묵을 통해 현상된 것이라고 할 수 있을 것이다. 시인의 깊은 시선과 침묵까지 들을 수 있는 품이 남다르다.

마루 끝 자벌레가 곰실대는 이 하루
문 반쯤 열고 오는 아침 햇살 벅찬 가슴
유년의 맑은 종소리, 여울지며 들려온다

하늘이 바다를 안고 내게로 들어온다
저 물결 은빛 이랑, 기쁨으로 찰랑대며
비발디 사계를 담아 수평선이 열린다

— 「아침 수평선」 전문

전세중 시편의 미덕 가운데는 이러한 정신적 고갱

이가 풍경과 마주치는 눈부신 순간들이 있다. 아침 수평선을 바라보면서 시의 화자는, 그때 비로소 움직이기 시작하는 생명 현상들을 하나하나 호명한다. 가령 마루 끝에서 자벌레가 곰실대면서 하루를 여는 모습을 관찰하고, 떠오르는 아침 햇살에 가슴이 벅차오름으로써 하루를 맞이하는 모습을 고백한다. 이때 화자의 귀에는 유년의 맑은 종소리가 들려오고, 어느새 밝아진 하늘은 바다를 안고 화자의 몸속으로 들어온다. 그렇게 화자가 하늘과 한 몸이 된 순간, 바다는 은빛 물결로 기쁘게 찰랑대며 수평선을 비로소 열어준다. 그때 화음和音처럼 다가오는 수평선이 시인에게 감각적 열락悅樂을 선사하고, 시편 안쪽으로는 청신한 감각이 넘실댄다. 이 또한 자연 사물들과 함께 세상의 존재자들을 따뜻하게 안아들이는 긍정의 마음이 표현된 것일 터이다. 다음 시편도 감각적 충일함을 통해 그러한 세계에 가 닿고 있는 실례일 것이다.

가파른 수직 허공 앞다투어 올라간다
길 없는 푸른 길을 사막 위에 그려 놓고
하늘 끝 닿아보고자 온몸으로 기어간다

비바람 할퀴고 간 상처뿐인 빈 몸 하나

그 아픔 아우르나, 보랏빛 물길을 타고

가싯길 가다듬으며 새길 내는 덩굴손

때론 새싹 짓누르는 따가운 눈빛도 있지

내 안에 부침하는 허욕일랑 솎아내고

다시금 뻗어 가야지, 봄 바다를 꿈꾸며…

　　　　　　　　　　　 ―「담쟁이덩굴에게」 전문

　'담쟁이덩굴'은 가파른 벽을 타고 허공을 앞다투어 올라간다. 그곳에는 물론 길이 없지만, '담쟁이덩굴'은 스스로 푸른 길을 내며 사막을 건너기도 하고 하늘 끝에 닿으려 온몸을 다해 기어가기도 한다. 그래서 스스로는 상처뿐인 빈 몸이지만 아픔을 안고 가싯길을 지나 새 길을 꾸준히 만들어간다. 이러한 신생 과정에 따르는 통증은 새싹 짓누르는 따가운 눈빛으로 은유되었지만, 그 모든 것을 넘어 다시 덩굴손을 뻗는 담쟁이는 봄 바다를 꿈꾸는 생성 지향의 상관물로 거듭 태어난다. 이렇게 존재론적 난경難境에도 불구하고 생을 긍정하는 마음은, 가령 "빈 것이 꽉 찬 마음/우주가 고요하다/소담한 진달래 꽃/담백한 질항아리/오히려/아무 것도 없이/바다처럼 넘친다."(「텅 빈」) 같은 역설逆說을 지향하거나, "보이지 않는/저 이내 끝을 향하여"(「나팔꽃 하루」) 나아가는 생의 의지로 나타나기도 한다.

이처럼 전세중 시인은 '돌' 이나 '바다' 나 '담쟁이 덩굴' 을 통해, 오랜 시간을 침묵의 역사 속에 각인하고 있는 사물이나, 막 시작하는 아침의 신생을 맞이하는 순간이나, 역경을 건너 새로운 의지를 예비하는 순간들을 섬세하게 기록해간다. 그 침묵과 신생과 의지의 언어들이 결국 시인이 지향하는 세계 곧 세상의 존재자들에 대한 따뜻한 긍정의 마음을 만들어내고 있는 것이다.

4. 타자들에 대한 관심과 사유의 세계

또한 전세중 시인이 이번 시조집에서 확연하게 향하고 있는 대상들은 타자들이라고 부를 수 있는 주변화된 존재자들이다. 이는 전세중 시인의 섬세한 관심과 사유가 타자로 불리는 많은 이들에 대한 연민과 사랑으로 확장되어가는 경우일 것이다. 이는 시조가 이미 철지난 과거 장르가 아니라, 여전히 동시대를 살아가는 이들에 대한 현재적이고 공감적인 양식일 수 있음을 여실히 보여주는 사례일 것이다. 다음 시편들을 읽어보자.

부푸는 이른 아침 햇살이 땅을 깨우고
처진 몸 받쳐 세워 넥타이 옭아매고
허리에 태양을 지고 허겁지겁 나선다

버스 속 흔들림과 침침한 지하철로
치열한 절망 속에 숨 가쁜 계단 올라
가슴팍 깊은 응어리 우후죽순 피어난다.

더러운 검은 손을 깊숙이 뻗쳐보고
올곧은 한줄기 빛 잡아보려 아등바등
풀잎에 매달린 이슬 나를 빤히 쳐다본다.

— 「샐러리맨의 하루」 전문

　도회의 일상을 분주히 건너가는 어느 '샐러리맨'을 주목하고 있는 이 시편은, 그의 일상을 '넥타이'와 '버스'와 '지하철'과 '계단'으로 각각 환유하고 있다. 이 가운데 넥타이가 처진 몸을 옭아매는 굴레로 기능하는 반면, 버스와 지하철은 허겁지겁 직장에 가 닿아야 하는 흔들림과 침침함을 환기하고 있으며, 계단은 수직 상승에 대한 강박 혹은 직장 생활의 가파름을 연상시킨다. 그 치열한 절망 속에서 그는 가슴팍 깊은 응어리가 피어나는 것을 느끼지만, "올곧은 한줄기 빛"을 잡아보려고 풀잎에 매달린 이슬을 쳐다본다. 그 이슬 이미지는 훼손된 일상 이미지와 반대편에서 순수 무구한 이상을 상징하게 된다. 전세중 시인의 시선은 이렇게 가파르고도 고된 일상을 견뎌내는 샐러리맨의 하루를 관찰하면서, 그의 삶에 대한 가없는 연민과 사랑으로 나아가고 있다 할 것이다.

> 저 멀리 히말라야산 강물이 넘실댄다
> 사리를 걸친 여성, 검정 소와 어우러져
> 해 뜨는 동쪽을 향해 성수에 몸을 씻는다
>
> 강가 옆 화장터에 시신을 뒤적이며
> 해탈을 꿈꾸는 살점 강물에 뿌려지고
> 비릿한 생명의 숨결 내세를 찾아간다
>
> 어디로 가는 걸까, 서성이는 아침 한때
> 도열한 힌두사원 물끄러미 바라보고
> 강물은 속세를 안고 붉덩물에 휘말린다
>
> ― 「갠지스 강가에서」전문

이번에는 무대가 멀리 인도에까지 나아갔다. 갠지스 강은 인도 북부 평원 지대를 흐르는 거대한 강줄기로서, 힌두교도들이 성스러운 곳으로 숭배하는 강이다. 그렇게 히말라야산 강물이 넘실대고 거기서 소와 어우러져 몸을 씻는 "사리를 걸친 여성"들은 해 뜨는 동쪽을 향해 자신의 존재를 보인다. 갠지스 강물은 그 순간 성수聖水로 몸을 바꾼다. 그런가 하면 갠지스 강가에는 죽음에도 불구하고 해탈을 꿈꾸는 사람들이 있고, 온통 "비릿한 생명의 숨결"이 내세의 꿈을 향해 번져가기도 한다. 이때 화자는 도열한 힌두사원과 함께 속세를 안고 흘러가는 강물을 따뜻하게 바라본다. 여기서 시인의 눈에 들어온 인도 사람들의 삶과 죽음은 그 자체로 성속聖俗이 교차하고 결속하는 장면이자, 삶의 고통과 치유를 원초적 과정으로 안고 가는 이들에 대한 가없는 관심과 연민과 공감을 보여주는 대목으로 태어난다. 그러니 시인은 그곳에서 "하루치/신성한 시간"(「한 세상이」)을 발견하고 있는 것이다. 결국 우리는 이 시편을 통해 전세중 시조 미학이 취하고 있는 시공간의 권역이 참으로 넓다는 것을 새삼 확인하게 된다.

이렇게 전세중 시인이 바라보는 시적 대상들은 시인과 "아무 것도 바라지 않는/받을 것 없이 주는"(「동반자」) 관계에 놓임으로써, 시 안에서 수평적인 위치에 자리잡게 된다. 타자라고 불릴 수 있는 이들을 향해 그는 "옹달샘 솟아오르는/신선한 샘물 같은"(「어머니 2」) 언어로써 그들과 "떨리는 손 맞잡고"(「쓰나미」) 있는 것이다. 그러한 관심과 사유가 그의 시적 지경地境을 한층 넓히고 있다.

5. 사설시조의 미학

  전시중 시조 미학은 형태적으로 보아 완미한 정형 양식을 두루 구현하고 있다. 안정된 행갈이와 율격을 묵수하면서 그는 균질적 정형 감각을 우리에게 보여준다. 하지만 때로 그의 목소리는 다양한 음역音域으로 확산되면서 사설시조 양식을 택하는 경우도 있다. 그럴 경우 그의 시편에서는 단정하고 지사적인 정신적 긴장 대신에 다양하고 활력 있는 원심적 주제가 만져진다. 사실 우리 문학사에서 사설시조의 현대적 발전은 그 흐름이 그리 원활치 않았다. 1970년대 들어 사설시조 창작이 활발해졌고, 현대 사설시조만의 창작집이 간행되기도 하고, 사설시조로 문단 추천을 받아 나오는 사람도 생기고, 사설시조 작품을 발표하는 시조시인이 늘어나기도 하였지만, 여전히 현대 사설시조의 문단적 흐름은 그 역사가 주변화되어 나타나고 있다. 우리가 잘 알듯이, 이러한 사설시조 형식의 특성은 평시조의 틀 안에서 벗어나 정형 속의 가변성을 구현하는 데 있다. 바로 이 점이 불가피하게 사설시조라는 양식으로 나아가게 하는 근본적 유인 誘因일 것이다. 전세중 시인은 이러한 정형 속의 가변 성이라는 미학적 속성을 잘 살려 우리 현대시조의 의 미론적, 형식 미학적 지평을 확대해가고 있다.

　아무도 불 다람쥐에 신경을 쓰지 않았지

　잘 띄지 않는 숲 속의 불 다람쥐, 내 가슴 응어리져 내 가슴 막혀있어 이야기 하고 싶지만 내 말을 듣지 않지, 갑갑한 마음을 어떻게 풀어볼까, 그래! 환희 밝히는 등불로 말하리라. 내 불만도 불꽃처럼 부풀 어 오르다 사그라지겠지 불꽃이 휩쓸고 간 가슴 한 켠에 남는 미련, 미련은 사랑이 타고 남은 재, 불을 보면 너무너무 황홀해서 너무너무 환장해서 밤마다 불을 지르네, 아! 아! 맹렬히 타오르는 불 혼절하면 서도 사랑하는 그 속에 맑고 깊은 고요, 더러운 것 쓸어가 버리는 흔들림 없는 고요, 사그라진 불꽃의 자리를 대신하는 두려움, 색소폰 음률처럼 허공에 흩어지는 운명처럼 버려지는 더 큰 사랑 느끼고 싶 어 허무의 가슴을 적시는 붉은 비수

　그 불꽃 길면 밝히듯, 부질없는 사랑이다.

―「불 다람쥐」 전문

화자는 아무도 신경 쓰지 않았던 '불 다람쥐'를 시의 표제로 내세웠다. 화자는 중장에서 눈에 잘 띄지 않게 숲 속에서 불을 지르곤 했던 '불 다람쥐'에게 목소리를 주었다. '불 다람쥐'는 가슴의 응어리를 이야기하고 싶었지만 그 말을 누구도 듣지 않아서 환하게 밝히는 등불로 말해주겠노라고 매일매일 불을 질렀다. 그 불을 통해 쌓였던 불만도 사라지고, 밤마다 불을 지피는 순간을 통해 맑고 깊은 고요가 더러운 것을 쓸어가 버리는 것을 꿈꾸었다는 것이다. 그 흔들림 없는 고요 속에서 더 큰 사랑을 느끼고 싶어 '불 다람쥐'는 매일매일 불을 지른 것이다. 종장 "그 불꽃 길면 밟히듯, 부질없는 사랑이다."라는 표현 속에는 결국 인위적 방화放火가 될 수밖에 없는 '불 다람쥐'의 행태를 꼬집으면서, 동시에 사설시조의 장중한 음률을 따라 황홀하고도 깊은 고요 속에 화염처럼 깃들여 있는 누군가의 열정을 경험하게 해주고 있다. 여기서 '불 다람쥐'의 행위는 "아무도 가보지 않은 그 길 찾아"(「눈 뜨면 파닥이는 ─ 욕망의 바다」) 나설 때 마주치는 "난만히 번지는 야성"(「꽃」)처럼, 우리 주위를 문득문득 서늘하게 하는 힘을 가지게 된다. 그와 달리 다음 작품은 매우 성찰적이고 완미한 사설시조 작품이다.

이쯤에서 생각해 보라

어떻게 가고 있는지

　한 시대 과녁을 겨누고 몸 부르르 떠는 생애, 조촐
한 삶이 위대하게 다하고 울음이 다하고 기억과 시
간의 삶이 다하면 하늘 아래 무엇으로 남아 있는지.
가라앉다 솟아오르다 가라앉다 솟아오르다 빙그르
휘적휘적 휘도는 천지가 어지럽다, 어질머리로다.
꽃은 향기를 휘날리고 열매는 씨앗을 떨구는데, 한
겹 한 겹 양파 껍질 벗기듯 사는 일을 들춰내면 헛헛
한 변방이네. 그물코 던져져 있는 천 길 낭떠러지 매
캐한 연막 속 하루하루가 멀고 험한, 떠돌다 떠내려
가다 끝내 허방 딛다 허탕 치다만 메스꺼운 피눈물
이 흥건하다

어쩌면 기울어가는

솟구치다만 수평선이던가

　　　　　　　　　　　　　　　　—「자서전」 전문

　'자서전自敍傳'이라는 이색적 표제를 단 이 시편에
는, 생의 어느 한 지점에서 뒤돌아보게 되는 지난날
에 대한 성찰적 감각이 진하게 녹아 있다. 과연 그
생애란 어떤 것이었을까. 중장의 장엄한 음률성이

그 간곡한 생애를 비추고 있는데, 그것은 비록 한 시대 과녁을 겨누고 살아왔지만 그 떨림과 울음의 기억이 다하면 무엇으로 남는지 알 수 없는 침전물의 형상을 하고 있다. 그렇게 숱한 부침의 역정을 지나온 시간 속에서 화자는 그 스스로 어지럽고 헛헛한 변방으로 떠돈 생애였음을 고백한다. 끝내 허방만 디딘 생애이기는 했지만, 그리고 "기울어가는/솟구치다만 수평선"이기는 했지만, 여전히 시인은 자신의 생애를 보듬고 간다. 결국 그 '자서전'은 시인 스스로에게 "고요도 고요 속에/펼쳐든 한 권의 책"(「삼매三昧의 시간」)이었던 셈이다. 그래서 시인은 "눈부신/살의의 칼날"(「혀」)을 숨기면서 "목련꽃/버는 한순간"(「청명」)의 눈부심을 잡는 시선으로 "사랑하다 절명하듯"(「열정」) 지나온 열정을 고백하고 있는 것이다.

이러한 사설시조의 가편佳篇들을 만나볼 때, 우리는 우리 시조문학의 미래를 단시조 일색의 획일화로 계도할 수는 없는 일임을 깨닫게 된다. 우리 삶과 언어의 확장과 응축의 길항이 구체적 육체로 소용돌이치는 장시조 전통을 우리가 여전히 흡수해야 하는 까닭도 이러한 사설시조들의 실례 때문에 가능한 것이다. 여기서 우리는 전세중 시조의 형식적 의장意匠의 여러 심층을 보게 된다.

　오랫동안 양식적 동일성을 계승해온 우리 고유의
정형 양식 '시조'는, 그 안에 필수적 속성으로 함유
하던 음악 기능을 벗어버리고, 근대 이후 '읽는 시'
로 확연하게 전화하였다. 이때 현대시조는 선험적으
로 주어졌던 율격적 자질을 억제하면서, 동시에 근
대문학의 주류적 지위를 자유시에게 내주게 되었다.
또한 시조는 내면의 자율성을 중시했던 근대인에게
는 양식적 제약이 적지 않았고, 그 점에서 운문 문학
의 장자長子이면서도 주변적 존재라는 이중성을 가
지게 되었다. 하지만 우리 시대에 여전히 완미하게
씌어지는 현대시조는 그 스스로 변방으로서의 위상
을 역설적 보금자리로 삼아 그것을 고유한 미학적
성취 조건으로 바꾸고 있다. 이러한 태도야말로 시
조에 대한 양식적 자의식에서 나온 것이고, 시인들
은 이러한 여건을 발판으로 자신만의 시적 진경進境
을 선명하게 개척해왔다.
　전세중 시인의 시조 미학은 이러한 요소들을 적극
화하면서 고유한 서정의 세계를 완성한 결실이라 할
수 있을 것이다. 그것은 우리가 잃어버린 어떤 근원

을 탐색하고, 세상의 존재자들에 대한 따뜻한 긍정의 안목을 보여주고, 타자들에 대한 연민과 관심을 나타내고, 사설시조로의 양식적 확장을 기도하는 양상들로 나타났다. 이처럼 심원한 근원을 추구하고 따뜻한 긍정의 가치를 지향하는 시학을 완성한 전세중 시조를 두고, 우리는 깊고도 심미적인 그의 세계를 오래오래 바라볼 수 있었으면 하는 소망을 가져보는 것이다.

전세중 田世重

경북 울진군 죽변면 봉평리 출생
한양대학교 행정자치대학원 졸업

2002년 공무원 문예대전 시조 최우수상
2003년 강남소방서 구조진압과장
2004년 농민신문 신춘문예 시조 당선
2007년 공무원문예대전 동시 최우수상
2009년 『안전체험프로그램을 활용한 외국 관광객 유치
　　　증대 방안』이 서울시정 우수 연구논문으로 선정
2010년 동시집 『걸어오길 잘했어요』발간
2011년 수필집 『아름다운 도전』 발간
2006년 서울소방재난본부 광나루안전체험관장
2012년 보라매안전체험 관장
2012년 기행수필집 『인도여행』-7박8일간의 여정 발간
현재　　서울 강동소방서 예방과장

봄이 오는 소리

2013년 2월 5일 초판인쇄
2013년 2월 10일 초판발행

지은이　전 세 중
펴낸이　한 신 규
편　집　이 미 옥
펴낸곳　도서출판 문현
주　소　138-210 서울특별시 송파구 문정동 99-10 장지빌딩 303호
전　화　Tel.02-443-0211 Fax.02-443-0212
E-mail　mun2009@naver.com
등　록　2009년 2월 24일(제2009-14호)

ⓒ전세중, 2013
ⓒ문현, 2013, printed in Korea

ISBN　978-89-94131-96-2　03810　정가 12,000원

＊저자와 출판사의 허락 없이 책의 전부 또는 일부 내용을 사용할 수 없습니다.
＊잘못된 책은 교환해 드립니다.